你會愛上月亮莎莎的五個理由……

快來認識牙齒尖尖又
超可愛的月亮莎莎！

她的媽媽用魔法把玩偶
「粉紅兔兔」變成真的了！

你最想養什麼
寵物呢？

莎莎的家庭很瘋狂唷！

神秘迷人的
粉紅╳黑色
手繪插畫

你ㄋㄧˇ最ㄗㄨㄟˋ想ㄒㄧㄤˇ養ㄧㄤˇ什ㄕㄣˊ麼ㄇㄜ寵ㄔㄨㄥˇ物ㄨˋ呢ㄋㄜ？

一ㄧˋ隻ㄓ巨ㄐㄩˋ大ㄉㄚˋ的ㄉㄜ瓢ㄆㄧㄠˊ蟲ㄔㄨㄥˊ
「蹦ㄅㄥˋ蹦ㄅㄥˋ」。
（頻ㄆㄧㄣˊ頻ㄆㄧㄣˊ／7歲ㄙㄨㄟˋ）

豬ㄓㄨ，而ㄦˊ且ㄑㄧㄝˇ
一ㄧˊ定ㄉㄧㄥˋ要ㄧㄠˋ肥ㄈㄟˊ豬ㄓㄨ。
（臺ㄊㄞˊ灣ㄨㄢ大ㄉㄚˋ香ㄒㄧㄤ蕉ㄐㄧㄠ／10歲ㄙㄨㄟˋ）

最ㄗㄨㄟˋ想ㄒㄧㄤˇ養ㄧㄤˇ超ㄔㄠ級ㄐㄧˊ大ㄉㄚˋ的ㄉㄜ狗ㄍㄡˇ狗ㄍㄡˇ，
讓ㄖㄤˋ我ㄨㄛˇ可ㄎㄜˇ以ㄧˇ坐ㄗㄨㄛˋ上ㄕㄤˋ去ㄑㄩˋ。
（Joy／7歲ㄙㄨㄟˋ）

藍眼睛，有魔法、
會說話的小白兔。
（Elsa ／ 8歲）

一隻會發電的
皮卡丘。
（小熊 ／ 8歲）

媲美哆啦 A 夢的
魔法小壁虎。
（小葉 ／ 7歲）

能七十二變的孫悟空。
（JC ／ 9歲）

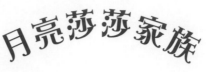

月亮莎莎家族

我ㄨㄛˇ媽ㄇㄚ媽ㄇㄚ
寇ㄎㄡˋ蒂ㄉㄧˋ莉ㄌㄧˋ亞ㄧㄚˋ・月ㄩㄝˋ亮ㄌㄧㄤˋ
伯ㄅㄛˊ爵ㄐㄩㄝˊ夫ㄈㄨ人ㄖㄣˊ

甜ㄊㄧㄢˊ甜ㄊㄧㄢˊ花ㄏㄨㄚ寶ㄅㄠˇ寶ㄅㄠˇ

我ㄨˇ爸ㄅㄚˋ爸ㄅㄚ

巴ㄅㄚ特ㄊㄜˋ羅ㄌㄨㄛˊ莫ㄇㄛˋ · 月ㄩㄝˋ亮ㄌㄧㄤˋ

伯ㄅㄛˊ爵ㄐㄩㄝˊ

我ㄨㄛˇ！

月ㄩㄝˋ亮ㄌㄧㄤˋ莎ㄕㄚ莎ㄕㄚ

粉ㄈㄣˇ紅ㄏㄨㄥˊ兔ㄊㄨˋ兔ㄊㄨ

國家圖書館出版品預行編目資料

月亮莎莎惹上大麻煩／哈莉葉‧曼凱斯特(Harriet
Muncaster)文圖;黃筱茵譯.－－初版一刷.－－臺北
市: 弘雅三民, 2022
　　　面;　　公分.－－（小書芽）
　　譯自: Isadora Moon Gets in Trouble
　　ISBN 978-626-307-722-5（平裝）

873.596　　　　　　　　　　　111011736

小書芽

月亮莎莎惹上大麻煩

文　　　圖	哈莉葉‧曼凱斯特
譯　　　者	黃筱茵
責任編輯	林坤煒
美術編輯	黃顯喬

發 行 人	劉仲傑
出 版 者	弘雅三民圖書股份有限公司
地　　址	臺北市復興北路 386 號 (復北門市)
	臺北市重慶南路一段 61 號 (重南門市)
電　　話	(02)25006600
網　　址	三民網路書店 https://www.sanmin.com.tw

出版日期	初版一刷 2022 年 9 月
書籍編號	H859810
I S B N	978-626-307-722-5

Isadora Moon Gets in Trouble
Copyright © Harriet Muncaster 2017
Traditional Chinese copyright © 2022 by Honya Book Co., Ltd.
Isadora Moon Gets in Trouble was originally published in English in 2017.
This translation is published by arrangement with Oxford University Press.
All rights reserved.

弘雅三民圖書

月亮莎莎

惹上大麻煩

哈莉葉·曼凱斯特／文圖

黃筱茵／譯

三民書局

獻給世界上所有的吸血鬼、仙子和人類！

也獻給我的摯愛，亨利。

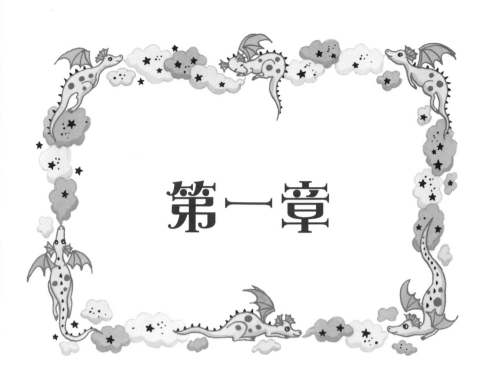

第一章

　　星期天下午，我興奮的在廚房窗臺邊跳來跳去。我的女巫仙子表姊，米拉貝兒要來我家過夜耶！她會待上一整個星期！

　　「我們好久好久沒看到她了。」媽媽說。因為米拉貝兒要來，她正忙著烤蛋糕。她用仙女棒攪拌著麵糊，碗裡不斷冒出小小的星星。

　　「對呀，」我說，「我已經想好這次可以用娃娃屋玩哪些好玩的遊戲了！」

　　「太棒了！」媽媽說。

　　粉紅兔兔突然在廚房的流理臺上跳呀跳，並用手指著窗戶。粉紅兔兔本來是我最愛的玩偶，後來媽媽用魔法把他變成真的了。媽媽是仙子，所以能夠施展魔法喔。

　　「米拉貝兒到了！」我大喊。「媽媽！妳看！」

　　媽媽停下攪拌的動作，和我一起望著米拉貝兒。她騎著掃帚，從天空中衝進前門的花園裡，看起來好神氣喔！

「真希望我也有掃帚！」
我羨慕的說。

　　媽媽抱了我一下。

　　「翅膀比掃帚更好呀。」
她說，放下做蛋糕用的那碗麵糊，
和我一起走去前門的花園。

　　「米拉貝兒！」我大喊著跑向表姊，送她一個大大的擁抱。「見到妳真開心！」

　　「我見到妳也好開心唷！」米拉貝兒大喊，並抱了抱我。她戴著尖尖的黑色帽子，穿著一雙亮晶晶的綁帶靴子，看起來非常時髦。

　　「巴特羅莫姑丈呢？」米拉貝兒問。我們走上樓梯，通往我在塔樓裡的房間。

　　「喔，我爸爸還沒醒來呀！」我告訴她。「別忘了，他受不了陽光，所以白天都在睡覺，通常晚上七點才會起床吃早餐。」

　　不過就在這個時候，我聽見樓梯上傳來一陣匡啷作響的聲音。爸爸嗖的一聲衝向我們，身後的風把吸血鬼披風吹得鼓鼓的。「啊！是我最喜歡的姪女！」他喊著。「巴特羅莫姑丈，你好。」米拉貝兒說。「我喜歡你的披風！」

「喔，謝謝妳。」爸爸開心的笑了。「妳也知道嘛，這可是用純絲絨做的披風！」爸爸很喜歡人家讚美他，畢竟吸血鬼可是很在乎外表的。

「米拉貝兒，快來吧。」我把她從爸爸身邊拉過來，踏上最後幾個臺階。「我有東西要給妳看。」

「噠啦！」我打開房門說。房間正中央擺著一個娃娃屋，而且上頭掛滿了仙女燈串。「妳看！我準備了歡迎茶會喔！」我指著娃娃屋裡的迷你餐廳說。

迷你餐廳裡擺著一張迷你餐桌，而迷你餐桌上則擺著一份迷你大餐。

　　「所有食物都是真的，」我自豪的說，「就連超迷你三明治也是。我花了超——久的時間才做好呢！而且妳看！這些迷你甜點還是用七彩巧克力碎片做的喔！」

　　米拉貝兒驚訝的倒抽了一口氣，然後拿起一個三明治，一口塞進嘴裡。

　　「是花生醬口味耶！」她說，「我的最愛！」

　　「我也最愛花生醬耶！」我開心的說。

　　我們坐下來一起享用那些食物時，粉紅兔兔就在房間裡跳來跳去。米拉貝兒來作客也讓他覺得很興奮。

　　「我去把游泳池的水裝滿。」

我邊說邊拍掉洋裝上的麵包屑。

上次米拉貝兒來的時候，我們用冰淇淋的盒子幫娃娃們做了一個游泳池，還把塑膠管接在一起，做成滑水道。滑水道的管子就黏在娃娃屋的屋頂上，一路往下迴旋，最後接到游泳池。我快步走出房間，到浴室裝水。再回到房間時，盒子裡的水滿到都快灑出來了。

「我還想到另一個點子，」我邊說邊把冰淇淋盒擺在滑水道下方，「我們可以做兩個和我們長得一模一樣的娃娃！一個米拉貝兒娃娃、一個莎莎娃娃，它們可以住在娃娃屋裡，玩迷你滑水道！我有好多碎布，這樣一定很有趣。我還要讓我的娃娃穿黑色芭蕾舞裙！」

「嗯……」米拉貝兒的雙眼突然閃爍著淘氣的光芒，看來她也想到什麼「點子」了。

「我有更棒的計畫。」她說。「玩娃娃好無聊，不如我們變成娃娃吧！」

「什麼意思？」我問。

「我們用魔藥把自己縮小吧！」米拉貝兒說。

　　「我來調配魔藥，這樣我們就可以親自進到娃娃屋裡玩滑水道了！一定會很有趣！」

　　她從行李箱裡拿出旅行用的小鍋子，把一罐罐小玻璃瓶裡的東西倒進去。

　　我在一旁邊看邊等待，感覺既興奮又緊張。

「妳確定不會發生什麼問題嗎？」我問。

「當然不會啊！」米拉貝兒回答，接著把一罐亮晶晶的粉紅色粉末倒進鍋子裡攪拌。我仔細看著鍋子裡的魔藥，它不是液體而是粉末耶。米拉貝兒又把手伸進行李箱中翻找，然後從她的盥洗包裡拿出一塊毛茸茸的粉撲。

「我在妳手臂上塗一點點魔法粉末唷，」她說，「一點點的話只會維持二十分鐘左右。」

我伸出手臂，讓米拉貝兒用粉撲幫我塗上一點點粉末。

塗好後我便坐下來等待。突然，我覺得手指有點刺刺的，然後……

出現一陣亮晶晶的粉紅色煙霧，接著我就咚的一聲、輕輕降落在軟綿綿的地毯上。我變得超級迷你！對我來說，現在米拉貝兒就像巨人一樣高大。

「來吧！」我用又尖又高的聲音朝她大喊。「輪到妳了！」

米拉貝兒爆笑了起來。

「妳的聲音！」她尖叫著說，「聽起來好像老鼠耶！」她笑得東倒西歪，笑到肚子開始痛了才停下來。

「好啦、好啦，輪到我了。」她也在手臂上塗了一點魔法粉末，然後「砰」的一聲，又出現一陣亮晶晶的粉紅色煙霧。

「我來囉！」她突然出現在我身旁，用又尖又高的聲音叫著。「妳看我們變得好迷你呀！」

我們一起走進娃娃屋裡，爬上樓梯。

　　就在我們快抵達屋頂時，娃娃屋外面卻傳來巨大的撞擊聲。

　　「那是什麼聲音呀？」我抓住米拉貝兒的手臂輕聲問。「有東西在外面！」

　　我們從窗戶往外一看，然後我才放心的呼了一口氣。

　　「只是粉紅兔兔在跳來跳去啦！」我說。「可憐的粉紅兔兔，他沒注意到我們在調配魔法粉末，所以現在可能正在想我們到哪裡去了！」

　　粉紅兔兔看起來的確很困惑，他正繞著旅行用的鍋子不斷跳來跳去，擔心的眨著一雙閃亮的扣子眼睛。

我把身體探出娃娃屋外頭。

「粉紅兔兔！」我用又高又尖的聲音喊著。「我在這裡！」

粉紅兔兔抬頭看見了我，然後驚訝的動了動耳朵。接著，我什麼話都還來不及說，他便跳進鍋子裡，全身沾滿了魔法粉末。

「砰」的一聲過後，又出現一大團亮晶晶的粉紅色煙霧。

「完蛋了……」米拉貝兒說。我們看見變得超級迷你的粉紅兔兔從鍋子裡蹦出來、越過地毯，然後跳進娃娃屋裡。

「怎麼了？」我說。「粉紅兔兔不會在意身體變小啦！他只是想加入我們啦！」

「我說的不是這個，」米拉貝兒回答，「他全身都沾滿藥粉，魔法可是會持續很多天的！」

「喔……」我開始慌了起來。

粉紅兔兔蹦蹦跳跳的上了樓梯，然後跳進我懷裡。「既然我們什麼都改變不了，那乾脆別煩惱了！我們去玩吧！」米拉貝兒說。

我們三個跑上樓梯，來到娃娃屋的屋頂，也就是滑水道的起點。

「這肯定超好玩！」米拉貝兒說。「莎莎，妳先吧！」

我往下盯著滑水道，它看起來又彎又陡。

底下的游泳池突然看起來好深，我才剛學會怎麼在水底下游泳耶。

「沒關係啦，」我說。「米拉貝兒，妳先吧！」

米拉貝兒的眼睛裡閃過一絲調皮的光芒。

「莎莎，別當膽小鬼嘛！」她說。「快呀！妳**不敢**溜，對吧？」

我試探的把一隻腳踏上滑水道。

「可是粉紅兔兔最討厭弄溼身體了，」我說，「也許我應該在這裡陪他。」

「粉紅兔兔不會介意的，他可以在這裡等啊。」米拉貝兒說。

「反正妳有翅膀，如果不喜歡，隨時可以從滑水道上飛起來呀。」

這倒是真的。

「好吧……」我說，於是把另一隻腳也踏上滑水道，然後坐了下來。我閉上眼睛，用手指捏住鼻子。「一、二、三，溜！」米拉貝兒大喊，同時輕輕推了我一下。

我溜下去了！

「啊──！」我一面尖叫，一面咻的一聲往下溜，順著滑水道旋轉而下，頭髮也在身後飛了起來。我不停轉啊轉、轉啊轉，直到……

撲通！

軟綿綿
冰淇淋

我溜進了裝滿水的冰淇淋盒子裡。

「哇！」我游出水面大口吸氣，還把水潑得到處都是。「**實在是太棒了！**」這時候，又是**撲通**一聲，米拉貝兒也溜出滑水道，落在我身旁。

「實在是**太**好玩了！」她說。「來吧，莎莎，我們再玩一次！」

我拉住她的手，飛回屋頂上。這次米拉貝兒先溜，換我跟在她後面。我們還試了趴著玩和躺著玩，接著又試了一起溜下滑水道。每次我們都會**撲通**一聲，完美落在水池裡。

　　第四趟溜到一半時，我突然感
覺手指刺刺的。

　　喔，糟糕！我心想。
就在我還來不及反應
時，「砰」的一聲，
亮晶晶的粉紅色煙霧
再次出現。

「救命啊！」我大喊。我的身體迅速變回正常尺寸，然後重重的掉在地毯上，還把整座滑水道都壓壞了。我趕緊把米拉貝兒和粉紅兔兔從娃娃屋的屋頂捧起來，放到地毯上。又是「砰」的一陣煙霧過後，米拉貝兒出現了，以正常大小站在我身邊。粉紅兔兔還是只有鈕扣般大，我把他撿起來，好讓他坐在我的手上。

「可憐的滑水道，」我傷心的盯著垮在娃娃屋旁邊的滑水道，「我們應該要更謹慎的使用魔法粉末才對。」

「別擔心啦，」米拉貝兒說，「我們總是可以再做新的呀。」

「我知道，」我說，「可是弄壞它還是讓我很難過。」

這時候，我聽見媽媽從樓下叫我們。

「莎──莎！米拉貝兒！吃早餐囉！」

我低頭望著在手中跳上跳下的粉紅兔兔，心想他這副模樣可不能讓爸爸媽媽看見，於是便小心翼翼的把他放在床上。

「粉紅兔兔，你小睡一下吧。」我對他說。「希望我們回來的時候，你就恢復正常尺寸了！」

第二章

　　米ㄇㄧˇ拉ㄌㄚ貝ㄅㄟˋ兒ㄦˊ和ㄏㄜˊ我ㄨㄛˇ跑ㄆㄠˇ下ㄒㄧㄚˋ樓ㄌㄡˊ，衝ㄔㄨㄥ進ㄐㄧㄣˋ廚ㄔㄨˊ房ㄈㄤˊ裡ㄌㄧˇ。爸ㄅㄚˋ爸ㄅㄚ、媽ㄇㄚ媽ㄇㄚ和ㄏㄜˊ我ㄨㄛˇ的ㄉㄜ妹ㄇㄟˋ妹ㄇㄟ甜ㄊㄧㄢˊ甜ㄊㄧㄢˊ花ㄏㄨㄚ寶ㄅㄠˇ寶ㄅㄠ已ㄧˇ經ㄐㄧㄥ在ㄗㄞˋ餐ㄘㄢ桌ㄓㄨㄛ前ㄑㄧㄢˊ就ㄐㄧㄡˋ位ㄨㄟˋ，正ㄓㄥˋ等ㄉㄥˇ著ㄓㄜ吃ㄔ我ㄨㄛˇ們ㄇㄣ晚ㄨㄢˇ上ㄕㄤˋ的ㄉㄜ早ㄗㄠˇ餐ㄘㄢ。桌ㄓㄨㄛ子ㄗ正ㄓㄥˋ中ㄓㄨㄥ央ㄧㄤ擺ㄅㄞˇ著ㄓㄜ一ㄧˊ個ㄍㄜ裝ㄓㄨㄤ飾ㄕˋ著ㄓㄜ粉ㄈㄣˇ紅ㄏㄨㄥˊ色ㄙㄜˋ糖ㄊㄤˊ霜ㄕㄨㄤ的ㄉㄜ大ㄉㄚˋ蛋ㄉㄢˋ糕ㄍㄠ，這ㄓㄜˋ是ㄕˋ特ㄊㄜˋ地ㄉㄧˋ為ㄨㄟˋ米ㄇㄧˇ拉ㄌㄚ貝ㄅㄟˋ兒ㄦˊ烤ㄎㄠˇ的ㄉㄜ。

　　「妳ㄋㄧˇ們ㄇㄣ來ㄌㄞˊ啦ㄌㄚ！」媽ㄇㄚ媽ㄇㄚ說ㄕㄨㄛ。

　　「妳們看起來溼答答的耶。」
爸爸一面說，一面擔憂的望向窗
外。「外面在下雨嗎？希望沒有。
我可受不了夜間飛行的時候，把頭
髮弄得亂糟糟的。」

　　「現在沒下雨啊。」媽媽懷疑
的看著我們說，然後揮舞仙女棒，
用魔法把我們的衣服變乾。

「真是謝天謝地。」爸爸說完便喝了一小口他的紅色果汁。他是吸血鬼，所以只喝紅色果汁。

「希望妳們兩個沒把樓上弄得亂七八糟。」媽媽邊切蛋糕邊說。

「嗯……」我想起垮掉的滑水道，還有房間地板上濺得到處都是的水。

「當然沒有囉！」米拉貝兒甜甜的說，和我一起在餐桌前坐了下來。「寇蒂莉亞姑姑，蛋糕看起來好美味喔。」

「謝謝妳的讚美。」媽媽露出微笑。「這是胡蘿蔔口味的蛋糕唷。」

　　「喔，是粉紅兔兔的最愛耶。」爸爸眨了眨眼睛說。

　　雖然粉紅兔兔沒辦法真的吃東西，不過他覺得假裝吃東西很好玩。

　　「粉紅兔兔到哪裡去了？」媽媽問著，一臉困惑的四處張望。

　　「他不太可能會錯過蛋糕呀。」

　　我覺得自己的臉開始發燙。

　　「他在睡覺。」米拉貝兒很快回答。

　　「啊，也對，」爸爸恍然大悟的點了點頭，「明天是他的大日子耶！確實需要睡一下美容覺。」

　　「明天……」我說。**明天怎麼了嗎？** 就在那瞬間，我想起來了，明天是學校的「寵物日」，要帶寵物去學校！

　　「別告訴我妳忘了這件事，」爸爸說，「妳已經期待了好幾個星期呀！」

　　「粉紅兔兔一直在練習小把戲，打算表演給班上同學看。」媽媽驕傲的告訴米拉貝兒。「他已經變成雜耍高手囉。」

「我以為妳每天都會帶粉紅兔兔到學校去耶？」米拉貝兒困惑的說。「妳們班的同學已經看過他了吧。」

「對啊，」我說，「可是我已經答應他，可以來當我的特別寵物了，而且班上同學也還沒看過他表演雜耍！」

「我懂了。」米拉貝兒嘴上這麼說，但看起來根本不像真的懂了。她啃著三明治，眼睛裡閃爍著淘氣的光芒。

　　吃完早餐後，我們快速衝上樓，回到我的房間。「拜託！拜託讓粉紅兔兔變回正常的尺寸吧。」我一面打開房門，一面輕聲祈禱，可是粉紅兔兔依然很迷你。他跳來跳去，順著我隆起的棉被溜上溜下。對他來說，那些隆起的棉被就像山脈一樣。

「不！」我哀號著。「如果他明天還是這樣怎麼辦？我不能帶他去學校了，他可能會走丟的！」

「這個嘛 …… 」米拉貝兒說，「我有個點子 …… 」

「什麼點子？」我問，開始有點擔心米拉貝兒的「點子」了。

「要不然妳明天帶隻不一樣的寵物去學校？我可以用魔藥幫妳變出一隻超棒的寵物喔。一隻從來沒人見過、真的很酷的寵物，像是 …… 一頭龍！所有人都會對妳刮目相看的！」

「嗯 …… 」我說。

「喔，好嘛 …… 」米拉貝兒繼續說服我，「讓我變嘛！一定會很酷的！」

「還是不要吧。」我說。「實在太危險了！如果龍噴火燒了學校怎麼辦？」

「不會啦！」米拉貝兒保證。「我會變出一頭不噴火的龍，只會噴出星星和亮粉！喔，拜──託！我們試試看嘛！我只變一頭嬌小可愛的龍寶寶就好！」

「嗯……也許可以吧，」我開始覺得這點子好像也變好玩的，「那妳只能變一頭龍寶寶喔。」

那天晚上，等媽媽和甜甜花寶寶都上床睡覺、爸爸也去夜間飛行後，米拉貝兒再度拿出她的旅行用魔藥組。我們坐在漆黑的夜裡，我用我的仙女棒當作手電筒，好讓米拉貝兒能看清手上的動作。

她把咒語需要的材料都放進鍋子裡：一撮星塵、一點點龍的鱗片、少許亮粉，還有一把乾燥的花瓣。米拉貝兒念了一串聽起來很怪異的話，然後再攪拌一下魔藥。我們兩個盯著鍋子，看著裡頭的混合物在仙女棒的照耀下一閃一閃的發光。

「等著看吧！」米拉貝兒小聲的說。

鍋子裡的混合物開始自顧自旋轉起來，它轉個不停，直到最後變成一顆球的形狀。接下來，這顆球先是長出尾巴，然後再長出腿、腳和爪子。

「妳看牠的翅膀！」米拉貝兒驚呼。

我們兩個一起望著嬌小的龍慢慢成形。

「喔，牠真可愛！」我說。

米拉貝兒把手伸進鍋子裡，輕輕撫摸小龍。小龍把口鼻埋進米拉貝兒的手指間，發出吱吱的叫聲。

「妳只要輕輕的摸牠就好，」米拉貝兒建議我，「牠還只是龍寶寶，需要別人安撫。」她抱起小龍放在我的膝蓋上，接著就跳下我的床，回到她自己的床上。

「晚安囉，莎莎。」她打著呵欠、躺了下來，然後閉上眼睛睡著了，還開始打呼。

我小心翼翼的把小龍放進被窩裡，在牠旁邊躺下，感覺身邊躺著小龍而不是粉紅兔兔還真奇怪。粉紅兔兔被我放在床頭櫃上的一個小火柴盒裡，他這麼迷你，我可不希望睡到一半時，不小心翻身把他壓扁了！

就在我快要睡著時，耳邊卻傳來……

吱吱吱……

我張開一隻眼睛。

吱吱吱吱！

小龍想要別人安撫牠，於是我伸出手，很睏的拍了拍牠的頭。

　　「你現在該休息囉。」我輕聲說。「我明天還要上學耶！」

小龍把身體蜷縮起來，我也再次躺下睡覺。正當我的眼睛快要閉上、意識逐漸飄進夢鄉時，我又突然聽見……

吱吱吱……

吱吱吱吱！

我從床上坐了起來。

「噓！」我輕聲說，趕快再拍拍小龍的頭，輕撫牠小巧的翅膀，深怕牠的叫聲會吵醒媽媽和甜甜花寶寶。

小龍暫時不叫了，於是我又躺回床上。等我終於睡著，早就已經超過午夜十二點了。第二天早上起床時，我依舊感覺很疲倦。

「莎莎，起床囉！」米拉貝兒說，從床上跳了起來，看起來就跟雛菊一樣充滿朝氣。「小龍呢？」

我翻過身，睡眼惺忪的望著她。

「什麼小龍？」我說。

這時候我才想起來。那隻小龍！

我立刻如閃電般起身，慌張的四處張望。小龍從我的床上消失了，留下一條滿是星星和亮粉的足跡，一路延伸到房間門口。

我們一起循著那道足跡下樓，走進廚房。「妳們知道這是怎麼一回事嗎？」媽媽指著亮晶晶的地板問，地上到處都是星星和亮粉。

「嗯……」我準備開口解釋。

「不知道！」米拉貝兒卻說。

「我們不知道，我們整晚都睡得很熟。」她對媽媽露出甜甜的笑容，

然後走到餐桌前坐下。我走過去坐在米拉貝兒旁邊，心裡卻完全放鬆不下來。我覺得很愧疚，因為我們兩個都沒說實話。

「晚安啊！」爸爸結束了夜間飛行，進到屋裡開心的大喊，「抱歉，我是說早安啦！」我聽見他在走廊脫掉披風的聲音，就在這時候……

「這是什麼呀？」他邊問邊走進廚房，用大拇指和食指拎起他的拖鞋，亮晶晶的黏液從拖鞋前端滴了下來。

喔，糟糕了！我心想。

「有生物把口水滴在我的拖鞋上！」爸爸驚恐的說。「我沒辦法再穿這雙拖鞋了！我怎麼可能穿沾

過口水的拖鞋嘛！這樣我算什麼吸血鬼？」

「算環保的吸血鬼啊。」媽媽說。她用仙女棒點了一下拖鞋，上頭的黏液就消失不見了。「不要把拖鞋丟掉喔，不然太浪費了。」

我聽見米拉貝兒一邊吃著土司一邊咯咯偷笑，但我一點也不覺得爸爸沾了口水的拖鞋有什麼好笑的。我太急著想找到小龍了，覺得心煩意亂。

媽媽嚴肅的盯著米拉貝兒和我看。「事有蹊蹺喔。」她說。「我覺得妳們兩個知道是怎麼一回事耶。」

「我們不知道啦，」米拉貝兒堅定的說，「對吧，莎莎？」

「嗯……」我說。我不想對媽媽說謊，可是我也不希望被米拉貝

兒討厭。

「一定是甜甜花寶寶把口水滴在爸爸的拖鞋上了。」我很快的回答。「我昨天還看到她拿著一包亮片，一定是她把亮片灑得到處都是。」

「對呀。」米拉貝兒點頭附和。

媽媽皺起眉頭問：「那粉紅兔兔在哪？他又不見了耶。」

「他在我房間裡。」我誠實的說。

「他在為他的大日子做準備。」米拉貝兒撒謊。「他在挑選最合適的西裝背心！」

「嗯……」媽媽說。

　　我慢慢嚼著土司，可是味道吃起來就像厚紙板一樣。

　　「我要準備去上學了。」我從椅子上跳下來，急急忙忙走出廚房。喔，在哪裡？小龍到底在哪裡啊？家裡到處都是星星和亮粉呀！我四處尋找，搜尋了樓下的廁所、大廳、餐廳和客廳，可是到處都看不見小龍的蹤影。

　　我又走到樓上，回到房間……結果小龍就在那裡！牠蜷坐在我床上，朝空中噴出一團團星星和亮粉，而且體型是昨天晚上的好幾倍！

「牠太大隻了吧！」我對米拉貝兒哀號。「妳之前說牠只是小龍！」

「嗯，我是說一開始呀。」米拉貝兒解釋。「牠是用魔藥變出來的飛龍，一天後就會消失啦。」她看了看牆上的時鐘。「牠現在可能已經進入青春期了。」

「青春期！」我發出尖叫。「我不能帶青春期的龍去學校啦！」

「當然可以呀！」米拉貝兒堅持。「妳所有的朋友都會覺得很驚奇的！」

「也許吧，」我邊說邊走到衣櫥旁邊，拿出校服，「可是我希望妳也一起去學校，我不知道自己一個人要怎麼照顧牠。」

「妳不會有事的啦！」米拉貝兒一派輕鬆的說。「而且我今天不能跟妳去學校，我正在放假耶！莎莎，放輕鬆啦！」

「好吧。」我嘆了一口氣，真希望我們學校也在放假，可惜女巫學校和人類學校的假期完全不同。

雖然我是吸血鬼仙子，卻選擇去讀人類的學校喔。

我一邊努力試著放鬆，一邊穿上校服，還親了一下迷你粉紅兔兔的頭頂，跟他道別。上學的一切都準備好後，我便把睡袍的綁帶繫在龍的脖子上，當成項圈。

「現在我只需要趁爸爸媽媽不注意時，把龍帶到屋外就可以了。」我說。

「還不簡單，」米拉貝兒說，「妳可以從房間的窗戶飛出去啊。記得吧，龍也有翅膀！我會告訴妳媽媽妳快遲到了，所以在趕時間。我會告訴他們，都是因為粉紅兔兔一直無法決定要穿哪件西裝背心。」

粉紅兔兔在床頭櫃上對米拉貝兒生氣的搖搖頭。

「不要啦，別說是因為粉紅兔兔！」我著急的說。「他夠可憐了！」

我拉著睡袍綁帶的一端，帶著龍走向窗邊。

「再見囉！」米拉貝兒愉快的說，望著我拍動翅膀、踏出窗外。我拉了一下項圈，龍便跟著我跳進早晨的陽光裡。粉紅兔兔不在身邊讓我感覺有點不習慣，沒跟爸爸媽媽說再見也讓我有點傷心，不過我也不知道該怎麼辦才好。

第三章

　　我和龍一起飛過小鎮上空，往
學校的方向前進。靠近學校時，我
看見我的幾個朋友一起站在遊樂場
上，身邊還帶著各自的寵物。

　　「嘿，你們看！」奧立佛指著
天空大喊。「莎莎來了！」

　　「嗨，莎莎！」柔依喊著。

「哇！」莎曼莎也大叫。

「她帶了一頭**龍**耶！」薩希高喊。

我和龍一降落在遊樂場上，所有人便立刻圍過來。

「太神奇了！」賈斯伯說。

「真是不可思議！」布魯諾附和。

「哇！」柔依說。

飛龍露出自豪的微笑，噴出一團團星星和亮粉雲朵，鱗片也在陽光的照耀下閃閃發亮。我突然好高興自己帶了這麼有趣的寵物到學校來。

「你們想要騎看看嗎？」我問

朋友們。「我確定我的飛龍不會介意的。」

「當然想！！」布魯諾大喊。「我要騎。讓我第一個騎嘛！」

他跳到龍背上，龍便騰空而起，飛入天際。

　　牠在空中繞了小小一圈，然後平穩的降落到地面上。

　　「耶！」布魯諾歡呼。

　　「我也要坐！」奧立佛大喊。

　　我的朋友一個接一個輪流坐上龍背，直到櫻桃老師看見這個景象後，連忙跑到遊樂場來制止。她看起來非常震驚又訝異。

　　「這是怎麼一回事？」老師尖叫。「這簡直是在危害生命安全！所有人馬上進教室！」

　　飛龍拍著翅膀回到地上，我們也跟著櫻桃老師進教室去。

　　我坐在我的位置上，飛龍就坐

在我旁邊。牠一直把星星和亮粉噴向空中，害得坐在我前面的男生開始打噴嚏。

「現在，」站在教室前面的櫻桃老師說，「大家要輪流到教室前面，介紹自己的寵物！誰自願第一個分享？」

布魯諾立刻舉手，於是櫻桃老師請他走到前面。

「這是我的寵物鬣蜥，喬治，」布魯諾說，拿出一隻長得像蜥蜴的巨大生物，「牠有……有……哈啾！……條紋尾巴，還……哈啾！……需要養在溫暖的環境裡……」

「太棒了！哈啾！」櫻桃老師說。布魯諾想繼續說卻發現實在講不下去，空氣中到處都是星星和亮粉。不久，全班便都在打噴嚏，畢竟亮粉跑到鼻子裡可是很癢的！

「喔，天啊！」櫻桃老師邊打噴嚏邊說。「莎莎，我看妳最好下一個分享，也許介紹完後就把飛龍帶到外面一下。」

我走到前面，飛龍就興奮的跟在身旁，不斷擺動長滿鱗片的尾巴。

「嗯……」我有點害羞的說，「這是……哈啾！……一頭龍！」

飛龍在我旁邊蹦蹦跳跳，接著驕傲的拍動翅膀。

「龍喜歡……嗯……」我繼續說，卻發現自己實際上根本不了解龍。「哈啾！」

龍更加用力的拍動翅膀，吹散了櫻桃老師桌子旁邊的一盒美勞用品，裡頭的鉛筆和蠟筆像煙火般四散在空中。

「我覺得……」櫻桃老師才剛開口，龍便撞翻了一排廣告顏料。顏料全都倒了，蓋子也都被震開，灑得牆壁和地板到處都是。

「嗯……」我驚慌失措的說。

　　現在龍變得超級興奮，牠飛到空中，想在教室裡繞一繞，但只要牠一經過，東西都被撞得東倒西歪。柔依的寵物狗不斷吠叫著跳過一張張桌子，莎曼莎的暹羅貓也開始嚎叫，賈斯伯的寵物蛇則發出嘶嘶聲，滑動身軀離開主人身邊。

　　「啊！」莎曼莎尖叫著跳到桌上。「蛇跑走了！」

　　十秒後，整間教室陷入一片混亂。

　　「**救命啊──**！」莎曼莎放聲尖叫。

　　「我的蛇跑到哪裡去了？」賈斯伯大喊。

　　「**快停下來**！」我對飛龍大吼。

可是飛龍玩得太開心了，不想停下來。

「喔，我的天呀！」櫻桃老師發出哀號，並用雙手抱著頭。

龍在破壞教室，但我不曉得該怎麼辦。牠不斷在教室裡繞來繞去，撞毀所有碰到的東西，搞得一切一團亂……

我打開窗戶。

龍一察覺到有新鮮空氣，便衝向窗戶。**拍、拍、拍**，牠閃亮的龍鱗翅膀揚起微風，吹得我頭髮在腦後飛揚，星星和亮粉也在教室裡不斷迴旋。

然後龍就不見了。牠飛過遊樂

場，直入天空，脖子上還繫著我睡
袍的綁帶。我希望牠就這樣飛走，
永遠別再回來了。

　　我迅速關上窗戶，以免其他寵物也跑出教室。櫻桃老師如釋重負的嘆了一口氣，但表情看起來非常生氣。

　　「月亮莎莎，」她說，「這下子妳麻煩大了。」

　　我感覺自己的臉在發燙。我以前從來沒在學校闖過禍。

「把龍帶到學校是很不負責任的行為，這種寵物不適合帶到教室裡面。」

「對不起，」我說，因為羞愧而垂下了頭，「我只是……」

「妳今天就先回家吧，」櫻桃老師說，「現在去學務處報到，妳下午最好花時間把飛龍找回來！」

我走到教室門口，感覺很想哭。柔依在我經過時，溫柔的拍了拍我的手臂。

「沒關係的，」她輕聲的說，「櫻桃老師很快就不生妳的氣了。」

「別擔心啦。」布魯諾也小聲安慰。「我以前也被家長領回家過。」

可ㄎㄜˇ是ㄕˋ我ㄨㄛˇ從ㄘㄨㄥˊ來ㄌㄞˊ沒ㄇㄟˊ有ㄧㄡˇ被ㄅㄟˋ家ㄐㄧㄚ長ㄓㄤˇ領ㄌㄧㄥˇ回ㄏㄨㄟˊ家ㄐㄧㄚ過ㄍㄨㄛˋ啊ㄚ！感ㄍㄢˇ覺ㄐㄩㄝˊ糟ㄗㄠ透ㄊㄡˋ了ㄌㄜ。我ㄨㄛˇ離ㄌㄧˊ開ㄎㄞ教ㄐㄧㄠˋ室ㄕˋ，越ㄩㄝˋ過ㄍㄨㄛˋ餐ㄘㄢ廳ㄊㄧㄥ，走ㄗㄡˇ向ㄒㄧㄤˋ學ㄒㄩㄝˊ務ㄨˋ處ㄔㄨˋ。我ㄨㄛˇ敲ㄑㄧㄠ了ㄌㄜ敲ㄑㄧㄠ門ㄇㄣˊ。

「請進。」一個又高亢又清脆的聲音回答。

我走了進去，看見瓦倫提諾老師坐在辦公桌後，戴著平時那副粉紅色牛角框眼鏡。

「月亮莎莎，我能幫妳什麼忙嗎？」她微笑的問。「妳又得到金色星星了嗎？」

我倒抽一口氣，淚水就快奪眶而出了。

「我……老師叫我提早回家。」我很小聲的說。

瓦倫提諾老師皺起眉頭。

「喔，天啊，」她說，「這可不像平常的妳耶。發生什麼事了嗎？」

我向她解釋米拉貝兒和飛龍的事，瓦倫提諾老師嚴肅的點點頭。

「妳讓自己陷入困境了，是吧？」她說。「我認為妳該勇敢對表姊說出自己的感受了。」

　　她拿起電話，撥了我家的號碼。

　　「啊，月亮太太您好！」我聽見她說。「這裡是莎莎學校的學務處，我恐怕得拜託您今天提早來學校接走莎莎……嗯……是的……是的……那個，我還是讓莎莎親自跟您解釋吧。好的……再見，月亮太太！」她放下電話，對我微笑。

　　「沒關係的，莎莎，」她好心的說，「不會有事的。」

　　媽媽只花了十分鐘便趕到學校接我，她一定是以最快的速度飛來的。

　　「怎麼啦？」我們穿越遊樂場時，媽媽問道，「妳怎麼要提早回家啦？對了，粉紅兔兔呢？」

　　「我……」我想開口說，
「我……」卻突然不敢告訴媽媽到
底發生了什麼事。

　　「我肚子痛啦！」我撒了個
謊。「柔依晚一點會幫我送粉紅兔
兔回家。」

　　說謊讓我感覺很糟糕。我不確定媽媽相不相信我對粉紅兔兔的說法，可是她只是點點頭說：「可憐的莎莎，真是太可惜了。那我們還是趕快回家吧。」她牽著我的手，我們一起拍動翅膀、飛到空中。

第四章

　　我們回到家時，米拉貝兒正在廚房裡。我看到她剛剛跟媽媽一起做了月亮和星星形狀的餅乾，她們一定一起度過了很美好的一天。

　　「喔，看起來真好吃。」我說，伸手準備拿起一片餅乾。

　　「妳不能吃啦，」媽媽一面說，一面溫柔的撥開我的手，「肚

子痛不能吃唷！」媽媽裝了一杯氣泡水給我。

「龍去哪裡了？」媽媽一轉過身去，米拉貝兒便小聲的問。

「牠飛走了。」我低聲回答。

「妳小聲點啦！」

接下來整個下午，我都喝著我的氣泡水，坐在廚房裡看媽媽和米拉貝兒在餅乾上抹糖霜。我回房間

去查看粉紅兔兔的狀況好幾次，可是他還是很迷你。

直到晚上大家準備吃第二次早餐時，粉紅兔兔還是沒有恢復正常大小。

「妳不是說柔依會送粉紅兔兔回來嗎？」媽媽邊說邊把三明治和蛋糕放在桌上。

「她已經送他回來啦，」米拉貝兒迅速回答，「那時妳剛好和甜甜花寶寶在樓上。粉紅兔兔去小睡一下，畢竟他忙了一天，已經很累了。」

「他最近好像常常在睡覺耶。」爸爸懷疑的說。

「對呀，」媽媽附和，疑惑的看著我。「確實如此……」

「寇蒂莉亞姑姑，三明治**真好吃**！」米拉貝兒用比平時更大的音量說。「真的超美味。」

「喔，米拉貝兒，謝謝妳。」媽媽高興的說。「這是特別的仙子三明治，每咬一口，味道都會改變唷！」

「我就知道。」米拉貝兒說。「嗯！是巧克力醬和覆盆子果醬耶！」

我拿了一個三明治到盤子上，並小口小口的啃著。我們對爸爸媽媽說了那麼多謊，我的感覺越來越糟。要是粉紅兔兔可以恢復原來的大小就好了！

就在這個時候，我聽見一個讓我不寒而慄的聲音。樓上傳來一陣

匡啷匡啷、嘎吱嘎吱、嘩啦嘩啦的聲響，彷彿有一頭龍在家裡搗亂……

「那到底是什麼聲音啊？」媽媽說。

「我也不曉得耶！」爸爸站起來說，甩動披風時發出嗖嗖的聲音。「我們去看看吧，也許是小偷。」他舉起他那杯紅色果汁說。「我來把果汁潑在小偷身上，這樣肯定會讓他嚇一跳。」媽媽則舉起她的仙女棒說：「我覺得仙女棒在這種情況還比較有用吧。」

米拉貝兒這時也舉起叉子，放在胸前。

「好刺激喔。」她說。「那我要用叉子戳他！」

我們全都跑上通往浴室的樓梯。

　　我想要第一個趕到浴室，可是爸爸有超迅速吸血鬼披風，速度比我快多了。

　　「這是什麼呀？！」爸爸走進去浴室時，倒抽了一口氣。

　　飛龍就坐在浴缸裡，嘴裡還咬著半截從水槽底下扯下來的水管。水淹沒了整個浴室地板，星星和亮粉在空中不斷旋轉。媽媽揮舞仙女棒，讓淹水暫時停了下來。

　　「看來我們明天得請水電師傅過來一趟才能修好浴室。」她說。

　　接著，她瞇起眼睛盯著我看。

「月亮莎莎，」媽媽用嚴厲的聲音說，「我相信這頭龍脖子上繫的就是妳睡袍的綁帶吧！」

我垂下了頭。

「**到底**怎麼回事？」爸爸手插著腰問。「莎莎，我覺得妳最近表現得很怪。」

「非常怪。」媽媽附和。「撒了很多謊，還鬼鬼祟祟的。」

「對不起。」我很小聲的說，米拉貝兒則安安靜靜的站在我身後。

「現在妳誠實回答我。」媽媽說。「浴缸裡的是粉紅兔兔嗎？妳把他變成龍了嗎？是不是因為這樣我們最近才沒看到他？」

「不是！」米拉貝兒咯咯笑著說。「那不是粉紅兔兔啦！」

媽媽似乎一點也不覺得好笑。

「粉紅兔兔在睡覺啊。」米拉貝兒再次撒謊。「他……」

可是我已經沒辦法再說更多謊話了。

「他沒有在睡覺，」我對爸爸和媽媽說，「而是變成迷你兔兔了。」

「什麼?!」爸爸說。

「我們調配了縮小魔藥，」我口齒不清的急著解釋，「但粉紅兔兔卻跳進魔藥裡，因此現在變得超級迷你。我在恢復原本大小時，還把娃娃屋的滑水道壓垮了。之後為了能帶一隻有趣的寵物到學校去，我們又調配了另一種魔藥，變出一頭飛龍。可是龍卻把家裡弄得亂七八糟，於是我把事情都怪在甜甜花寶寶的身上……後來龍在學校裡闖了禍，老師叫我先回家……可是龍那時候已經飛走了，所以我就騙你們我肚子痛……對不起。」

「我了解了。」爸爸說，看起來很失望的樣子。媽媽搖搖頭，而我哭了起來。米拉貝兒沉默的站在旁邊，一句話也沒有說。

「我要禁足妳一個星期。」爸爸說。「是真的禁足，不准飛行、不准使用魔法，也不准吃花生醬三明治！」

「沒錯，」媽媽贊同，「妳講了這麼多謊話！在表姊面前，竟然還這麼不像話？」

我傷心的啜泣。

這時候，米拉貝兒滿臉通紅的開口替我求情。

「嗯……這不全是莎莎的錯啦。」她接著解釋，「其實，大部分是我的錯。」她垂下頭，望著地板說。「是我說服她去做這些事的，莎莎本來不想變出這頭龍，也不想帶牠去學校，甚至不太想調配縮小魔藥，所以我也要道歉。」

　　「這樣啊。」媽媽說，臉色稍

微和緩了一點。

　　「嗯……」爸爸說。

　　他們一起轉頭看向我。

　　「莎莎，」媽媽說，「妳得學

著勇敢表達出自己的想法。」

「永遠不要因為別人的要求，去做自己不想做的事。」爸爸說。

「我知道了。」我輕聲說。

「還有……米拉貝兒，」爸爸說，「妳應該要更懂事呀！妳比莎莎大耶！希望妳們這星期都別再搗蛋了。」

「好的。」米拉貝兒乖巧的說。

「那麼，」媽媽開口，好像心情好了一點，「這件事就這樣告一段落吧！」

「可是妳們還是被禁足了，妳們**兩個**都是。」爸爸一派輕鬆的說，然後牽起睡袍的綁帶，把龍帶出浴室。

我們全部下樓，和飛龍一起吃早餐。牠一定餓壞了，吃掉了所有的三明治，還把所有的蛋糕都吞下肚，甚至喝光一杯爸爸的紅色果汁呢。

「小可憐。」媽媽說。

吃完早餐後，米拉貝兒和我帶著飛龍一起回到我房間。牠現在幾乎跟一輛車一樣大！粉紅兔兔倒是坐在床上……

而且他恢復正常大小了！！

「喔，粉紅兔兔！」我說，用力將他抱在懷裡。「你又變回來了！」粉紅兔兔開心的在我的臂彎間扭來扭去，還左右擺動耳朵，而龍也快樂的拍動著翅膀。

「這頭龍現在可能已經很老了，」米拉貝兒一面觀察，一面溫柔的輕拍牠的鼻子，「說不定已經一百歲囉！」

「牠好像有點坐立不安耶，」

我說ㄨㄛˇ，「牠ㄊㄚ是ㄕˋ不ㄅㄨˊ是ㄕˋ需ㄒㄩ要ㄧㄠˋ在ㄗㄞˋ睡ㄕㄨㄟˋ覺ㄐㄧㄠˋ前ㄑㄧㄢˊ出ㄔㄨ
去ㄑㄩˋ飛ㄈㄟ一ㄧˋ飛ㄈㄟ呀ㄧㄚ？」

「也ㄧㄝˇ許ㄒㄩˇ吧ㄅㄚ。」米ㄇㄧˇ拉ㄌㄚ貝ㄅㄟˋ兒ㄦˊ邊ㄅㄧㄢ說ㄕㄨㄛ邊ㄅㄧㄢ
打ㄉㄚˇ開ㄎㄞ窗ㄔㄨㄤ戶ㄏㄨˋ。「我ㄨㄛˇ們ㄇㄣ要ㄧㄠˋ不ㄅㄨˊ要ㄧㄠˋ在ㄗㄞˋ牠ㄊㄚ消ㄒㄧㄠ失ㄕ
前ㄑㄧㄢˊ，再ㄗㄞˋ騎ㄑㄧˊ最ㄗㄨㄟˋ後ㄏㄡˋ一ㄧˊ次ㄘˋ呀ㄧㄚ？」

「我不曉得耶，」我說，「爸爸有說我們一個星期內都不准飛耶。」

「喔，對耶。」米拉貝兒說，眼裡閃過一絲調皮的光芒。「可是**我們**不算真的在飛，不是嗎？是龍在飛呀。」

米拉貝兒這麼說也對。況且不只她想這麼做，連我也想坐上龍背，再飛最後一次。

「好吧，我們走吧。」我表示同意。「不過，我這次是因為自己也想要這麼做才答應妳，而不是因為妳覺得這是個好主意。」

我們兩人爬上龍背，我把粉紅兔兔緊緊抱在胸前。龍高興的從鼻子呼出一朵星星和亮粉組成的雲

朵_{ㄉㄨㄛˇ}。接_{ㄐㄧㄝ}著_{ㄓㄜ}，牠_{ㄊㄚ}就_{ㄐㄧㄡˋ}飛_{ㄈㄟ}出_{ㄔㄨ}窗_{ㄔㄨㄤ}外_{ㄨㄞˋ}，竄_{ㄘㄨㄢˋ}入_{ㄖㄨˋ}
星_{ㄒㄧㄥ}空_{ㄎㄨㄥ}。

　　「真是太棒了！」回到房間時，我說。

　　「就是呀。」米拉貝兒附和。

　　飛龍打了個呵欠，把身子蜷縮在地板上。米拉貝兒和我各自爬回被窩，我熄了燈。

　　「晚安喔，飛龍。」我們輕聲的說。

第二天早上，我們醒來的時候，飛龍已經不見了，地板上只留下一堆星星和亮粉。我覺得有一點點難過。

「沒關係啦，」米拉貝兒溫柔的拍了拍我的手臂說，「我可以再用魔藥幫妳變出一頭龍啊。」

「不行！」我堅決的說。「絕對不行。」

「可是……」米拉貝兒說。

「不行。」我回答。

我跳下床，把娃娃屋拉到房間正中央。

「今天來玩我的遊戲吧！」我說。「我們吃完早餐後就來做娃娃，把它們打扮成我們的樣子，一定會超好玩！」

　　我拿出我的那箱碎布。

　　「我們甚至連一丁點魔法都不需要用到。」我開心的說。「我們可以用老方法，動手製作呀。我要讓我的娃娃穿上黑色芭蕾舞衣。」

　　「好啊！」米拉貝兒說，聲音也開始興奮了起來。「那我的娃娃可以穿小小的黑色尖頭靴嗎？」

「當然可以囉！看起來一定會很棒！」我說。「我們也可以做一隻粉紅兔兔的娃娃唷。」

我們一起下樓去吃早餐，而粉紅兔兔就跟在我們身後蹦蹦跳。

「妳知道怎麼做更好玩嗎？」米拉貝兒說，眼睛再次閃爍著光芒。「如果用魔法讓娃娃們活過來，我們就可以……」

「不要，」我堅定的說，「米拉貝兒，我們不要那樣做。」

「好吧。」米拉貝兒順從的說。

「不用魔法還是會很好玩啦，我保證！」我說。

結果真的很棒。

吸血鬼仙子蛋糕DIY！

做ㄗㄨㄜˋ蛋ㄉㄢˋ糕ㄍㄠ一ㄧˊ定ㄉㄧㄥˋ要ㄧㄠˋ找ㄓㄠˇ大ㄉㄚˋ人ㄖㄣˊ幫ㄅㄤ忙ㄇㄤˊ喔ㄛ！

❶ 將烤箱預熱到 180°C。

❷ 將 100 公克的人造奶油和 90 公克的細砂糖倒入大碗裡攪拌。

❸ 加入 2 顆雞蛋和 1 茶匙香草精。

❹ 將 100 公克自發麵粉和 1 茶匙泡打粉過篩後倒進大碗裡。

❺ 將所有材料攪拌均勻，然後在 12 個瑪芬蛋糕的模具裡，分別舀入 1 大匙的麵糊。

❻ 用湯匙或乾淨的手指在麵糊中間戳出一個洞，接著舀 1 茶匙草莓果醬放在凹洞中。

麵粉

糖

❼ 舀1大匙麵糊蓋住果醬，放進烤箱烤8到10分鐘。

❽ 等蛋糕表面呈現金黃色時，把蛋糕從烤箱裡拿出來放在網架上冷卻。

❾ 蛋糕冷卻後，在上面抹一些草莓果醬。你也可以在蛋糕上擺幾顆軟糖，或是用現成的白色糖霜做出吸血鬼的獠牙喔！

月亮莎莎 系列 5 ～ 8 集閃亮登場！

喜歡月亮莎莎魔法家族的你，千萬不要錯過！

月亮莎莎
魔法新樂園

哈莉葉‧曼凱斯特/文圖 黃筱茵/譯

三民書局

月亮莎莎
的冬季魔法

哈莉葉‧曼凱斯特/文圖 黃筱茵/譯

三民書局

快來看看莎莎和她獨一無二的家人
是過著怎樣刺激又有趣的生活呢？

月亮莎莎與鬧鬼城堡

櫻桃老師帶全班去一座陰森的古堡博物館校外教學，竟遇到在古堡裡住了上百年的「**鬼魂**」奧斯卡！莎莎和她的吸血鬼爸爸見怪不怪，但其他人都十分害怕。

古堡裡的鬼魂到底有多**嚇人**？他們的撞鬼之行又會迎來**什麼樣的結局呢？**

月亮莎莎魔法新樂園

莎莎和家人滿心期待要去人類的**「超炫遊樂園」**玩，但到了之後卻發現那裡竟然冷冷清清，遊樂設施也十分破舊，**一點也不炫**。或許使用一點**「魔法」**或幾滴**「魔藥」**能夠讓遊樂園變得熱鬧一些？

如果只用一點點魔法，
　　應該不會出錯吧……

月亮莎莎的冬季魔法

月亮莎莎
的冬季魔法

哈莉葉·曼凱斯特/文圖　黃筱茵/譯

三民書局

莎莎最愛的克莉絲朵阿姨前來拜訪，揮揮仙女棒便把家中花園變成了晶瑩剔透的**冰雪世界**！莎莎開心的用魔法雪堆起雪人，沒想到她堆出的這位「**雪男孩**」竟然活了過來！兩人馬上成為朋友，玩起各式各樣的遊戲。

但用魔法變出來的雪當然沒辦法維持太久……**在雪男孩的身體融化之前，莎莎能想出辦法來解救他嗎？**

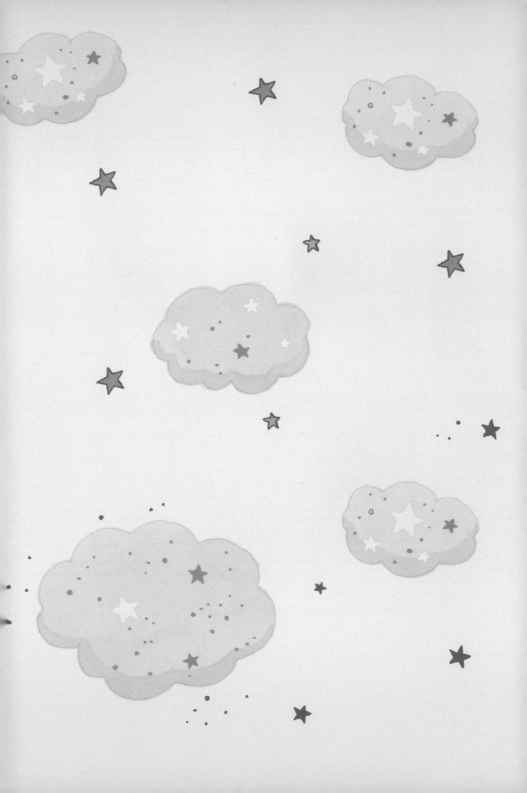